AF620755

Y2 2142

BRUNE BLONDE ROUSSE

731

BIBLIOTHÈQUE NATIONALE
IMPRIMÉS

par

L. XAVIER de RICARD

DÉPOT LÉGAL

NOUVELLE
PASSIONNELLE
ILLUSTRÉE
PAR LA
PHOTOGRAPHIE
D'APRÈS NATURE

FFes

OFFENSTADT FRÈRES, Éditeurs
5, Rue Feydeau, 5
PARIS

Leon Verleye

8° Y2
52142

DU MÊME AUTEUR

Les conditions de Claire, Chamuel.

Conversion d'une bourgeoise (Thelane Pradon) Pinhbacher.

Autour de Bonaparte (fragments de mémoire du général de Ricard), Savine.

La Catalane, drame, Savine.

Officier de fortune ! (aventures de Maubreuil), Montgrédient.

Aux bords du Lez, livre posthume de Lydre de Ricard (poésie française et languedociennes), A. Lemorre.

Pour paraître prochainement :

Petits mémoirs d'un Parnassien (histoire de Parnasse contemporain).

Bonaparte-Scapin, roman historique.

La Bacchante, roman historique.

Madame de La Valette, roman historique.

Un acte de charité.

A la conquête du Paraguay (suite de *Conditions de Claire*).

Confidences d'une Reportée.

BRUNE BLONDE ROUSSE

L.-XAVIER DE RICARD

Brune Blonde Rousse

BIBLIOTHÈQUE NATIONALE R.F. IMPRIMÉS

ROMAN

ORNÉ DE NOMBREUSES ILLUSTRATIONS

OBTENUES PAR LA PHOTOGRAPHIE D'APRÈS NATURE

PARIS
OFFENSTADT FRÈRES, ÉDITEURS
5, RUE FEYDEAU, 5

1900

BIBLIOTH NATIONALE R.F.

I

LES TROIS AMIES

Il y a des goûts intransigeants ; un adorateur des brunes eut choisi Gabrielle : un amateur des blondes eut choisi Lucie ; un partisan des rousses eut choisi Mathilde : un éclectique eût été embar-

1*

rassé à se décider entre elles, tant, si diverses pourtant que fussent leurs beautés, elles étaient semblables.

Il n'eut pu se mettre d'accord avec soi-même qu'en les élisant toutes les trois.

Comme il sied aux brunes, Gabrielle était du midi — mais du vrai — du midi qui incline des pentes d'oliviers et de garrigues vers la mer bleue. Mathilde était de la Flandre française, mais sur la lisière de l'autre. Lucie était tout bonnement parisienne, ou le croyait : car son état civil ne lui permettait pas de l'affirmer.

Maintes chansons, et non les moins populaires, des chansonniers les plus en vogue, avaient rendu Gabrielle-la-Brune célèbre dans les cabarets artistes de Montmartre. Gabrielle était une esthète, mais qui vivait l'art plus qu'elle n'en dissertait. Pourtant elle s'avouait volontiers naturiste et païenne, et avait, en amour, des tendances anarchistes : elle était fort peu marchande, et il fallait lui plaire pour l'obtenir. Elle était bonne camarade, bien qu'elle se fût fait quel-

ques ennemies irréconciliables par ses ironires contre les néo-mystiques qui éplorent leurs corps en attitudes lamentables de lys nostalgiques, et contre les virginales qui se rétréeissent le front entre deux ailes de bandeaux, reployées à la Boticelli.

Son esthétique était, aux autres esthétiques en cours ou en décours, ce qu'est à la morale officielle, celle de l'abbaye de Thelème dont toute la formule, selon maître Alcofribas Nasier, son fondateur, était celle-ci :

— Ici on fait ce qui plaît.

Elle avait beaucoup de lecture bien qu'elle ne fut point du tout pédante : il est fort probable qu'on l'eut embarrassée à lui demander à brûle-pourpoint en quel moment précis florissait Aspasie. Mais elle eut aimé vivre du temps des hétaïres grecques, qui lui paraissaient, à peu de chose près, les modèles de la femme future. Elle regrettait les climats indulgents et les mœurs aimables qui permettaient à la femme de s'épanouir en la pleine splendeur de sa beauté ; mais contemporaine de M. Bérenger, elle devait, sous nos ciels de pluie et de brume, se contenter de montrer le plus qu'elle pouvait de sa beauté, sous la savante étreinte des robes-fourreaux.

Car elle avait, en outre, une grande charité ; elle prétendait que la beauté se devait à tous, et que c'était une fonction publique que d'être belle.

Aussi, avait-elle accepté avec joie de figurer dans ces célèbres fêtes païennes des Quatz-Arts, où sa beauté avait été acclamée triomphalement.

Et, quand un artiste lui « demandait son corps » elle ne faisait pas plus de façon à le lui accorder que n'en faisait, dit-on, la princesse Borghèse devant Canova : mais il fallait qu'elle fût sûre du talent de l'artiste ou que l'artiste lui-même ne lui déplût pas.

Elle était très loyale en amour, avertissant l'amant, qu'elle agréait, qu'il ne s'attendît à aucune fidélité ; elle se *prêtait* par un caprice, et se reprenait de même ; elle ne se *donnait* jamais.

Les deux amies de Gabrielle n'avaient point ces théories là, ni d'autres d'ailleurs, non plus. Elles vivaient tout simplement la vie, chacune selon son tempérament, mais elles aimaient toutes deux, d'une égale affection sans jalousie, Gabrielle, et même, elles l'admiraient. Aucune des trois ne se fut décidée à aucun acte sérieux sans consulter les deux autres, en des confidences sans réticences. Mais l'avis de Gabrielle était généralement prépondérant.

De toutes trois, la plus *pratique* était

la rousse Mathilde, elle ignorait presque les emballements, ou savait ne les avoir qu'utiles ; c'était une femme d'affaires qui évaluait les joies de l'amour, non par la part qu'elle y avait prise, mais par ce qu'elles pouvaient valoir pour celui auquel elle les donnait. Elle n'était pas absolument une *insensuelle*, mais elle ne perdait jamais la tête.

Il n'en était pas de même de Lucie. Blonde comme une belle lune de belle nuit d'été, elle avait l'inconstance de cet astre aimable et féministe. Elle ne menait pas sa vie, c'était sa vie qui la menait, et elle ne lui épargnait pas les cahots. Elle avait de subites crises presque féroces, dans lesquelles un sourire, s'il n'eut eu pour excuse la nécessité d'un amorçage, lui eut laissé le remords d'une perte de temps. Infortuné celui qui la rencontrait dans une de ces crises, à moins qu'il n'eut la patience d'attendre ; car il pouvait bénéficier peu après d'une crise contraire, aussi subite que l'autre : en ces frenésies de retour, Lucie se dépensait et se dilapidait en joies folles sans se compter et même sans compter.

Il lui fallait le plaisir pour lui-même : assez indifférente à qui le lui procurait, et qui était aussi promptement délaissé qu'il avait été vite accepté.

Telles étaient les trois amies : la *Brune* la *Rousse* et la *Blonde*.

II

LE BOUDOIR.

Ce soir-là, qui était un soir de juillet, Gabrielle avait réuni ses deux amies chez elle.

Le dîner était achevé ; et, dans l'élégant boudoir qui n'était séparé de la salle à manger que par une ample portière relevée par une cordelière à gros glands, toutes trois, maintenant, en des attitudes diverses, causaient...

Une haute lampe, érigée encore sur un piédestal, dans un des angles de la pièce, l'éclairait toute d'une lumière qui passait rosée à travers l'abat-jour à longs volants, laissant pourtant des ombres diffuses dans les coins opposés. Sur un guéridon de laque, au milieu du boudoir, étaient disposés plusieurs flacons, des petits verres, et, à côté, des paquets de cigarettes avec une petite coupe chinoise de jade en guise de cendrier.

Des arbustes en fleurs garnissaient à profusion la pièce, devant la cheminée, sur des consoles ou des encoignures, dans de petites jardinières disposées entre les meubles ; et du plafond aussi, une plante aux longs rameaux pendait...

La chaleur de cette soirée d'été était suffocante : par la fenêtre ouverte, aux persiennes mi-closes, — car Gabrielle demeurait au second et voulait éviter les regards curieux des voisins et même des passants qui eussent pu tout voir chez elle du trottoir en face — montait la rumeur de la rue en un air attiédi qui alourdissait encore l'atmosphère de la pièce.

Aussi, les trois amies s'étaient-elles mises à l'aise : — Mathilde et Lucie avaient chacune retiré son corsage et son corset, et toutes deux en jupes et la chemise ouverte exhibaient la nudité de leurs beaux bras et de leurs épaules, — jusqu'aux seins que l'une avait droits, fermes, en coupe, tout juste pour tenir dans la main d'un honnête homme — tels que les voulait Madame de Sévigné, — et l'autre, plus opulents et qui eussent semblé presque de nourrice s'ils eussent été moins solides et moins polis, sans une gerçure ni une ride.

Quant à Gabrielle, étant chez elle, elle n'était vêtue que du léger brouillard d'un peignoir, à la mode Directoire tant pour la forme que pour la transparence de l'étoffe, — de mousseline bleue garnie de blonde au corsage fort échancré et aux courtes manches qui s'arrêtaient, bouffantes un peu, à la saignée du bras.

A travers, se dessinait toute la sveltesse de son corps dans des rosissements de chair très indiscrets.

Ses cheveux noirs, confusément tortillés sur le sommet de la tête, y étaient rassemblés entre les dents d'un grand peigne d'écaille très haut et s'évasant en éventail.

Elle était assise sur un pouf, les jambes croisées, montrant, sous son peignoir relevé, ses chevilles avec un joli fragment de mollet en des bas de soie beige à jour, et ses petits pieds, à demi entrés en des mules mauresques, toutes brodées de soie et pailletées de cuivre avec des talons dorés.

Lucie se tenait allongée sur un sopha, dans le désordre de sa jupe un peu retroussée et de ses longs admirables cheveux blonds délivrés de toute épingle et de tout peigne, étalés autour de sa tête, en mantille défaite ; tandis qu'entre elles deux

Malthide s'est assise massivement sur un fauteuil, la face perdue en ses cheveux roux ébouriffés, les deux coudes appuyés aux genoux et les deux mains unies par leurs doigts entrecroisés... elle racontait, et elle venait de s'interrompre pour demander :

— C'est bien dimanche aujourd'hui ?

Lucie, paresseusement, leva la tête pour consulter l'heure à la pendule sur la cheminée.

— Et même, dit-elle, aujourd'hui en a encore pour trois heures...

— Neuf heures déjà ! remarqua Gabrielle, puis, répondant à Lucie : Tu sembles avoir bien de la hâte d'arriver à lundi ? T'ennuies-tu chez-moi ?

— Est-ce que lorsqu'on s'ennuie on a ces attitudes-là ? Vois avec quelle béatitude de conscience tranquille je me vautre sur ton sofa...

Les bras nus levés, elle s'appuya le

derrière de la tête entre ses deux mains croisées et se laissa retomber sur le sopha, les genoux érigés dans un mouvement de ramassage sur soi-même.

Puis, en cette posture, tournant les yeux vers Gabrielle qui venait de quitter son pouf :

— « Ce qui ne veut pas dire, pourtant, reprit-elle, que je n'attends pas lundi avec quelque impatience...

Gabrielle était allée au guéridon, placé, comme on ne l'a pas oublié, — mais il importe de bien préciser sa position et celle des trois amies, — placé, disais-je, au milieu de la pièce, il se trouvait tout juste entre Mathilde assise en son fauteuil et le sofa où Lucie savourait sa paresse avec une vraie goinfrerie.

Ni l'une ni l'autre ne remarquèrent le sourire qui plissa — si imerceptiblement ! — les lèvres de Gabrielle.

— Alors, demanda celle-ci, ça doit être un grand jour demain ?

— Je te crois ! soupira Lucie. Je te conterai ça.

— Tiens ! pour moi aussi, observa Mathilde.

Le sourire de Gabrielle s'accentua, tandis qu'elle prenait une cigarette et la portait à ses lèvres :

— « C'est curieux, observa-t-elle... Et, en son peignoir transparent, qui ne mettait qu'un peu d'indécis autour de son admirable corps, si bien qu'elle semblait une déesse qui marche dans une nuée, elle alla vers la lampe dans l'encoignure, y alluma sa cigarette, et revint vers ses deux amies, qui ne l'avaient pas quittée des yeux ; Lucie même avait fait l'effort de tourner la tête.

Lorsque son amie fut de nouveau entre elles, près du guéridon.

— « Les hommes ont raison ! s'écria

Lucie avec un tel enthousiasme qu'il lui donna le courage de se relever et de s'appuyer sur un coude pour mieux considérer son amie, oui ! les hommes ont raison, ces brutes !... C'est vraiment un joli animal que la femme... Tu sais, nous ne sommes pas jalouses, ni Mathilde ni moi. Tu es la plus belle des trois.

— En tout cas, et Gabrielle se mit à rire, ce qui empêcha que la persistance de son énigmatique sourire ne finit par être remarqué, en tout cas je suis la plus heureuse des trois, d'avoir deux bonnes amies comme vous : c'est si rare !

— Bah ! dit Mathilde, tu te vantes : chacune de nous est la plus heureuse des trois, puisque chacune a deux amies qui se valent.

— Nous sommes de très bonnes amies, c'est vrai, répondit Gabrielle en aspirant une bouffée de sa cigarette... cela n'empêche pas que ni l'une ni l'autre de vous

5*

n'a confié aux deux autres, pourquoi vous attendez si impatiemment la journée de demain...

— Moi, protesta Lucie, moi, je veux bien te le conter ; seulement que Mathilde commence.

— Est-elle rosse ! s'exclama Mathilde : tu verras que, tout à l'heure, quand ce sera son tour, elle n'aura pas encore le courage de parler... As-tu donc fait la noce hier, ou si tu te reposes aujourd'hui pour une noce de demain ?

— Et si c'étaient les deux ! riposta Lucie en riant, mais ça c'est mon histoire. Commence, toi.

— Mathilde va commencer, fit Gabrielle s'approchant menaçante de Luçie..., mais, si tu ne t'exécutes pas après elle, *promptó-illico*, gare à toi ! Nous sommes deux ! et tu sais le châtiment qui t'attendrait.

Elle était debout tout près du sofa ;

debout, la tête un peu penchée sur le visage de son amie couchée. Lucie, à demi-soulevée, enlaça de ses deux bras les hanches de Gabrielle et l'attira : elles se regardèrent quelque temps dans la confidence extatique du même sourire ; puis, repoussant, en riant, Gabrielle :

— Tiens ! va-t-en ! supplia Lucie, tu es trop belle ce soir.

— Eh ! bien ! demanda avec impatience Mathilde, m'écoutez-vous ?

Lucie se mit sur le flanc gauche pour voir Mathilde pendant qu'elle parlerait ; et Gabrielle poussant son fauteuil près du guéridon, entre les deux amies, s'y asseyait en biais, un coude appuyé au dossier, les jambes croisées, fumant sa cigarette lentement, et, le même sourire énigmatique revenu à ses lèvres.

Mais cette fois il fut remarqué.

— « Qu'as-tu donc à sourire, comme

ça... lui fit Mathilde. Tourne-toi de mon côté, c'est Lucie qui te trouble !

— Veux-tu que je pleure à l'avance ! répondit Gabrielle. Est-ce une histoire triste par hasard que tu vas nous conter ?

— Ça, je n'en sais rien, écoutez et vous verrez, riposta Mathilde.

Gabrielle protesta : — Oh ! si c'est triste, je te préviens ! je t'arrête, on n'est pas à la mélancolie ce soir, n'est-ce pas, Lucie ?

— Ah ! non, pour sûr ! approuva la blonde, je me sens très sentimentale, mais pas de cette façon-là...

Mathilde se mit à rire bruyamment :

— Oh ! ton sentiment, toi, on sait où tu le places... là où M. de Boufflers plaçait le cœur des dames de son temps.

— Alors, tu crois que les dames du nôtre sont faites différemment, et que le cœur des femmes, depuis, a changé de place ? sourit Gabrielle.

— Je sais en tout cas, continua Mathilde en riant, que les deux vôtres savent où se trouver, l'un l'autre.

— Tu ne voudrais pas pourtant, lui riposta Lucie, nous faire croire, à nous deux, que le tien soit situé autrement ? Nous aurions quelque raison, ma chère, de ne pas te croire.

— Oui ou non, voulez-vous m'entendre ! insista Mathilde.

— Vas-y donc ! et Gabrielle secoua la cendre de sa cigarette dans le cendrier de jade. Mais ne sois pas trop longue, car j'ai des idées...

Et elle regarda la pendule.

— Des idées ! s'exclama Lucie : tu n'en manques jamais : mais pourquoi regardes-tu l'heure en disant cela ?

— Parce que... mes idées ont rendez-vous.

— Est-ce une énigme ? questionna Mathilde.

— Pour le moment oui, mais va donc ! tu étais si pressée tout à l'heure. Ce sera bref ?

— Ah ! dame ! je ne sais pas.

— C'est qu'il faut laisser le temps à Lucie de conter son histoire, elle aussi ?

— Et toi, tu n'as rien à nous dire, fit Lucie.

— Oh ! la parole n'est pas mon fait, à moi, répondit-elle, j'aime mieux l'action.

— Diable ! s'écria Lucie très intriguée, tu vas nous faire supposer des choses ! !

— C'est toujours la même énigme, fit Mathilde philosophiquement. En attendant de comprendre, je commence, n'est-ce pas !

Et elle commença ainsi :

III

OU S'EXPLIQUE LE SOURIRE DE GABRIELLE

— Es-tu superstitieuse, Gabrielle? Crois-tu à l'influence du vendredi?

— Je ne suis pas superstitieuse, mais étant, comme vous le savez, païenne, je crois à l'influence du vendredi, c'est le jour sacré de la semaine, puisque c'est celui de

Vénus, dont j'ai été prêtresse certainement dans une de mes vies antérieures. J'en ai des souvenirs si précis que je pourrais, je crois, avec un peu d'effort de mémoire, me raconter cet épisode de mon existence à travers les siècles.

— Ce n'est pas le moment. — Donc, si le vendredi est pour toi, le jour sacré, ce n'est pas un jour néfaste ?

— Au contraire ! C'est le jour bienfaisant par excellence, et celui où il convient d'accomplir les entreprises d'amour si on veut qu'elles aient un heureux cours et une bonne fin.

— Chouette, alors, s'écria Mathilde et elle s'appliqua une grande tape sur la cuisse. — Il viendra demain, lui-même, et non pas le lapin que je craignais.

Or ça, maintenant, écoutez-moi, c'était donc vendredi, puisque c'était avant-hier. Chacune de vous ayant sa journée prise, nous ne devions pas nous voir, j'en étais toute désœuvrée, si bien que lorsque vint le soir... qu'est-ce qui s'ennuie le plus, Gabrielle, à ton sens, d'un croûton de pain qui se ballade dans la poche d'un gendarme ou d'un autre croûton de pain, oublié derrière une malle ?

— C'est assurément le premier, sentencia gravement Gabrielle.

— Eh bien ! mes belles ! je m'ennuyais comme ça, pire que ça... Ah ! mais ! mais ! me dis-je après mon dîner, je ne vais pas traîner cette existence-là jusqu'à mon coucher... Faut se remuer, se secouer, ne pas laisser tout cet ennui continuer à s'amasser au fond de moi comme une lie au fond d'une vieille bouteille, oubliée en vidange... je tournerais à l'aigre... mais voilà l'embarras ! où aller ? rien ne me disait.

Et j'avais plutôt le dégoût des hommes.

Bah ! je verrai dehors, continuai-je à me dire : *à l'hasard !*

Je m'habille donc et je sors.

Je vois des couples qui montent ma

rue. Faisons comme eux... je les suis... si bien que j'arrive au *Moulin Rouge*. Pourquoi pas ? j'entre. — Vous ne voulez pas que je vous décrive le Moulin Rouge, pas vrai ?

— Ah ! mais, non ! protesta Lucie. J'attends ton histoire : tu ne te doutes pas comme elle m'intéresse.

— Merci pour l'auteur !... fit Mathilde et elle salua.

Me voilà donc entrée... je vois près de la porte un groupe où l'on rit, où l'on crie, où on se bouscule. J'y cours. C'était une ovation qu'on faisait à un vieux monsieur, de mine très austère, qui avait à chacun de ses bras, une petite femme sautillante, presque nue, l'une blonde et l'autre brune.

J'eus un toc au cœur, en le voyant. Mais c'est ce vieux singe malade de Père la Pudeur, m'écriai-je, et autour de moi, de fait, on vociférait, les mains tendues, les chapeaux en l'air.

— Conspuez Rabat-Joie ! conspuez

le Sénateur-la-Vertu ! hou ! hou ! Bérenger premier et l'unique !...

Et, de fait, mes amis, il ressemblait à ce malfaisant bonhomme comme sa propre image en une glace... ce n'était tout de même pas lui, mais un pauvre notaire de province qui ne savait où se cacher et se fut esbigné sans doute s'il n'eut été bien cramponné aux deux anses.

« Mais ça ne pouvait pas durer tout le temps, cette scène-là ! on se dispersa, et voilà que j'erre, je me promène, je fais les cent tours, mais je t'en fiche ! L'ennui me reprenait, oh ! mais bien pire... ça m'aurait fait du bien de pleurer...

Dieu ! que c'est bête tout cela ! me disais-je, voir ces gigottements toujours les mêmes ! entendre les mêmes mots et les mêmes propos qui servent tous les soirs depuis plusieurs générations, et de plus loin encore peut-être... rencontrer les mêmes grimaces sur des figures qui se ressemblent presque toutes... Et cette musique, toujours la même, et dans ce trémoussement de jupes, pas la révélation de quelque chose d'un peu neuf et de vraiment jeune en le fouillis banal des dessous...

Oh ! assez... j'eus envie de retourner chez moi... J'avais pris déjà le chemin de la sortie... oh ! bien non ! en tête à tête avec moi toute la soirée... ce n'était pas possible. Je rentrai...

— Oui, observa Gabrielle se cambrant les reins et projetant ses seins en avant, dans le mouvement de jeter une bouffée de fumée au plafond. Oui, on a de ces crises de nostalgie aiguë, pendant lesquelles on se croit ennuyée de tout, quand on ne l'est que de soi-même... C'est en ce moment-là que j'ai fait les plus grandes bêtises de ma vie... ce qui prouve qu'ils sont bons à quelque chose. De fait, ce qu'il y a de meilleur dans la vie, ce sont les bêtises, elles sont l'imprévu ! »

Et Lucie, toujours allongée, soupira :

— C'est curieux !... j'étais dans les mêmes dispositions que Mathilde hier soir, et, jusqu'ici, son histoire, sauf l'incident du faux Père la Pudeur qui valait mieux que l'autre puisqu'il ne l'était pas, son histoire ressemble tellement à la mienne qu'en l'écoutant, je crois me souvenir. Pourtant, une chose m'étonne, Mathilde... comment tu as pu te promener ainsi sans subir d'abordage ?...

— Oh ! que si !... mais je virais toujours pour éviter le grappin... je vous l'ai dit : j'avais un dégoût des hommes ce soir-là !... et ceux qui se proposaient n'étaient point pour m'en faire revenir.

Et puis, vous savez, ce n'est pas mon genre ?

— Ce n'est pas le nôtre, non plus, riposta Gabrielle. Nous sommes, nous autres, de l'art d'amour, non pas du mé-

tier... Mais, tout de même, il ne faut pas bouder systématiquement à l'occasion...

Et le même sourire, qu'elle avait eu

déjà tant de fois sur les lèvres, y revint quand elle ajouta : « La preuve c'est que toi-même tu l'as rencontrée, l'occasion !

— Qu'en sais-tu ? questionna Mathilde.

Mais sans se désarçonner, la brune Gabrielle répondit, toujours en la même attitude.

— Ton histoire n'aurait pas de sens si elle ne devait finir par là.

— « Tu as raison, reprit en riant la belle Rousse. Et j'y arrive tout de suite, tiens ! à la fin. Je vous ai assez décri comme ça mon état d'âme. — Donc, je m'étais raisonnée, et j'étais rentrée. Mais, un peu lasse, je venais de m'asseoir devant une consommation quelconque, regardant passer la foule qui, déjà, par lents groupes, s'écoulait vers la porte. Quelqu'un vint s'asseoir à une table à côté de moi. Je n'y prêtai d'abord aucune attention. Mais, comme, sans le voir, je sentais qu'il me regardait, je l'épiai du coin de l'œil, tout en faisant semblant de regarder ailleurs.

— Il était bien? demanda Lucie. Brun?

— Oui.

— Comme dans mon histoire.

— Tout de même, reprit Mathilde, nos regards s'éraflèrent un moment tous deux... C'était comme le premier appel du fer contre le fer dans un duel... Premier engagement.

— Me permettrez-vous de remarquer, madame, que vous avez l'air de bien vous ennuyer ? me demanda-t-il, tourné vers moi.

Je ne répondis pas, et pris un air de dignité en me retournant vers lui, pour me donner le temps de le considérer.

Oui, vraiment, il marquait bien. Elégant, sans excès : sans rien de criard ni de faux goût... J'avais peur d'un rasta quelconque, je fus rassurée. Rien de suspect, le regard franc, et, je vous le dis encore, bel homme...

— Je n'aime pas les *bels* hommes... — interrompit Gabrielle — mais les beaux hommes... Ah ! ma chère ! il y a une nuance !

— Soit ! c'était un beau homme, répondit Mathilde en aspirant fortement l'*h* de homme, et riant.

— C'est ce que j'aurais remarqué, moi, d'abord — reprit la Brune — avant la forme de son vêtement.

— Mais, toi, ma chère, tu es une esthète, répartit Mathilde en riant. C'est l'anatomie qui t'intéresse, et je te rends justice, il n'y a pas un œil aussi expert que le tien pour deviner exactement un homme sous l'habit. Tu es infaillible... Tu as des rayons Rengœn dans les yeux, et je crois même que tu vas au delà de l'épiderme.

— Tu as raison ; j'accepte tes félicitations, continue.

— Dame ! car c'était au tour de Lucie de donner son avis, — Chacune de vous a son système. Toi, Gabrielle, tu évalues dans l'homme, le plaisir, et toi Mathilde, le sérieux.

— Eh bien ! soit, reprit Mathilde, mon évaluation de l'inconnu lui était favorable... Aussi, à la seconde attaque, quand il me dit en s'approchant : « Auriez-vous le malheur d'être muette, Madame ? » je souris. Et je crus devoir le rassurer de suite, en répondant, enfin, à sa première question.

— En effet, Monsieur, je ne me divertis pas follement.

Et j'ajoutai que je ne comprenais pas la satisfaction que pouvaient éprouver des hommes à la canaillerie de ces exercices chorégraphiques qui étaient un prétexte à montrer de vilaines jambes et à faire deviner d'autres choses qui ne valaient pas mieux.

« Ça l'amusa, cette réflexion ». — Vous n'êtes pas une habituée d'ici, Madame ? me demanda-t-il en riant.

— Non ! ni vous non plus, je suppose, monsieur.

— A quoi voyez-vous cela, madame ?

— A votre manière d'aborder les femmes.

— Je suis gauche ?

— Pas précisément, mais vous manquez d'assurance.

— Vous avez raison, madame ! — répondit-il — j'arrive à peine à Paris...

— Achever votre éducation ?

— Non, la commencer.

— C'est vraiment inouï, — s'écria Lucie qui paraissait de plus en plus intéressée. — Il est donc bien jeune ? interrogea-t-elle.

— Bien ? non, mais assez... vingt-

cinq ans... Tu veux son signalement ?

Et Mathilde se mit à réciter avec une volubilité monotone et chantante, comme si elle lisait un passe-port : taille, 1 mètre 73 ou 75, cheveux bruns (je l'ai déjà dit) beau front large, teint presque bistré, belles lèvres bien rouges, un peu épaisses.

— Tu l'as déjà dit aussi.

— Puisque je fais le signalement complet ! le nez droit, un peu fendu comme tu les aimes, toi, Gabrielle, l'amoureuse esthète... Mais ce qu'il a d'admirable ce sont des yeux noirs, très vifs, tout veloutés de caresses par moments, et des dents !...

Lucie devenait de plus en plus attentive...

— Et, comme signes particuliers ?... demanda-t-elle, il n'avait pas de signes particuliers ?

— Oui, insista Gabrielle, à l'inspection d'un homme on peut juger à peu près de sa situation sociale !... Quel air avait-il ton inconnu ?... Artiste ? militaire ? banquier ? rasta ? curé en dénouaje de soutane... Oh ! ne te scandalise pas, ma chère, ça se rencontre !... cabotin ? huissier ? marchand de cochon ? avocat ? quoi, enfin ?

— Ma foi ! rien de tout cela ! — Vous comprenez bien que moi aussi, je me suis posé la question et je n'ai pu y répondre. Ça me paraît tout simplement un homme qui passe sa vie en amateur et en curieux.

Je vous l'ai dit, de mise et de tournure, correct, élégant même, mais pas la moindre excentricité. Point de cravates à effet. Nul n'est moins Lebargy. Il ne plastronne pas du tout ; à coup sûr, il n'est point de ces snobs qui font calamistrer leurs chemises à Londres. Une chaîne de montre modeste presque dissimulée, et point de souliers à pointes vernies... Ah ! si ! si ! pourtant, il avait un signe particulier. Il portait à l'annulaire une bague énorme, et admirable, une bague de musée-secret.

— Hein ! ce fut presque un cri que cette exclamation de Lucie et elle s'était levée à demi, appuyée sur son coude gauche, et regardant Mathilde avec de grands yeux ébahis :

— Oui, de musée-secret, qu'est-ce qui te prend ?

Lucie se laissa retomber sur le flanc :

— Rien ! soupira-t-elle songeuse, continue.

— Cette bague ?... questionna Gabrielle.

— Oh ! un simple anneau d'or très large et très massif, offrant entre ses griffes un gros onyx où est gravée en creux une scène mythologique qui plairait joliment à cette païenne de Gabrielle. Une espèce de faune avec trois nymphes... Mais si petit, tout cela ! tu comprends ! si petit qu'il pouvait, sans indécence, promener sa bague avec lui dans le monde...

— Mais — fit Lucie décidément agacée — un homme qui a une bague si suggestive doit avoir aussi une loupe pour en faire admirer les détails aux connaisseurs.

— Il l'avait en effet, ma chère... et je les ai admirés !

Qu'avait donc Lucie ? elle quittait sa position horizontale, et elle était assise maintenant sur le bord du sofa ; mais elle l'avait fait si vivement qu'elle n'avait pas pris la peine d'arranger ses jupes autour d'elle.

Gabrielle qui la regardait en riant : « Dis donc Lucie, lui dit-elle, tu n'es pas sur un camée... et je t'avertis qu'on n'a pas besoin de loupe pour admirer les détails.

Mais Lucie ne riait pas.

— Et ça à duré longtemps cette admiration en commun, car il devait t'expliquer, n'est ce pas ?...

— Ah ! dame, il est vrai que cet examen nous avait tellement rapprochés qu'en relevant nos têtes d'un même mouvement, nous nous trouvâmes les yeux dans les yeux : et nos sourires se frôlaient si étroitement, qu'il n'y a guère plus de place entre deux lèvres qui se baisent !

— Et ce baiser ! il te le donna ? interrogea âprement Lucie.

Mathilde sourit.

— Non ! je crois que nous nous le sommes rendu en même temps.

Gabrielle semblait beaucoup s'amuser de la contenance de Lucie, qui devenait de plus en plus nerveuse.

— Enfin !... s'écria Mathilde, pourrai-je finir mon histoire maintenant ?

— Mais elle est finie, ton histoire ! se récria Lucie. — Est-ce que nous n'en savons pas le reste ? Tu as consenti à l'emmener chez toi. Il a été beau parleur, t'a fait de longues théories sur l'amour — des théories à ravir d'aise cette *hétaïre* de Gabrielle, si elle les entendait. Car ce sont tout à fait les siennes. Puis, il a été très mythologique, et, comme après tout, nous ne sommes pas, nous, des filles publiques quêtant le « petit cadeau » à ceux que nous hospitalisons, il est reparti le lendemain matin, te donnant rendez-vous pour lundi... pour demain.

Et là, comme mûe par un ressort, Lucie se dressa.

— Et tu l'attends demain... Comme je l'attends moi-même ? Ah ! pour un lapin bien posé, en voilà un !

C'était au tour de Mathilde de se lever.

— Comment ! tu l'attends aussi ?... Qu'est-ce que ça veut dire ?

— Ça veut dire, débrida Lucie avec volubilité, que ton histoire est la mienne... Tu ne l'as pas compris, alors ? Ni toi non plus ? fit-elle en se tournant vers Gabrielle. Je le connais ton rasta ! car c'en est un, tu sais ?

« Il m'avait accostée aux Folies-Bergères jeudi, comme il t'a accostée le lendemain au Moulin-Rouge... Mais, moi, je n'ai pas eu la chance que le jeudi fut un vendredi. Il m'a montré sa bague, comme à toi. Paraît que c'est son amorce, cette bague. Je l'ai admirée en détail, à la loupe comme toi ; nos yeux et nos sourires se sont frôlés, comme avec toi... Nous nous sommes aussi rendu en même temps le même baiser... Il m'a fait les mêmes théories sur l'amour... *Toutes à tous, tous à toutes !* Que sais-je ! Je croyais entendre parler Gabrielle.

— Et la scène mythologique ? questionna Gabrielle qui riait franchement.

— Oh !... jouée en artiste, je l'avoue, répliqua Lucie. Si bien que j'avais toute confiance quand il m'a dit à lundi. Eh bien ! tu sais, Mathilde, nous pouvons nous embrasser en sœurs et nous inviter à déjeuner avec nos deux lapins sautés ensemble ?

Mathilde allait répondre sur le ton de la même indignation, quand, tout à coup, elles s'arrêtèrent toutes deux, scandalisées.

Gabrielle les regardait, mais elle ne souriait plus, elle pouffait. Si bien que l'envie leur prit à l'une et à l'autre, de se fâcher.

— Ce n'est pas si *rigolo* que cela, pourtant, fit Mathilde : C'est une malechance qui peut t'arriver aussi bien qu'aux camarades. Tout le monde est exposé à rencontrer des mufles !

— Pour sûr, répartit plus placidement

Lucie ; mais elle avait tout de même un regard de reproche vers son amie.

Mais Gabrielle ne répondit pas : et, vraiment presque nue dans la clarté de la lampe qui dessinait tout son corps à travers le nuage de son peignoir, elle alla vers un petit bonheur-du-jour, en ouvrit un tiroir, et, cachant lestement quelque chose dans sa main, revint, toujours riant, vers les deux amies, qui avaient suivi tous ses mouvements avec curiosité ; puis, quand elle fut près d'elles, abattant sa main sur le petit guéridon :

— Est-ce que sa bague ne ressemblait pas un peu à celle-là ? demanda-t-elle en riant.

— La bague ! s'écrièrent-elles toutes deux en se précipitant ensemble.

C'était, en effet, une bague que Gabrielle venait de déposer.

Mathilde s'en était avidement emparée, et Lucie, à côté d'elle, la considérait en même temps. Elles se regardèrent.

— Ce n'est pas une bague semblable, dit enfin Mathilde, en faisant le geste de la rendre à Gabrielle, qui les épiait toutes deux, riant toujours : c'est la même.

Mais Lucie la lui prenait au passage, la maniait quelque temps de tous les côtés, puis, la jetant sur la table avec dépit :

— Parfaitement, c'est la même, confirma-t-elle !

— Et maintenant, fit Mathilde se contenant, serait-ce être trop curieuse de savoir comment tu te trouves en possession de cette bague ?... quoique, se reprit-elle avec aigreur, l'histoire soit bien simple. Tu l'as rencontré, comme nous l'avons rencontré !... Seulement... Nos compliments ! Tu as été moins bête que nous. Tu ne lui as pas laissé, au moins, la bague au doigt.

Mais Gabrielle ne se désarçonna pas.

— Il est probable, dit-elle, que si c'est la même bague, j'aurai comme vous, rencontré celui qui la portait. Et, en effet, ce fut hier soir au Jardin de Paris que je fis sa connaissance.

— Ah ! ça ! s'exclama Lucie avec admiration, il faut lui rendre cette justice, à cet homme. C'est un mufle ! Mais diable, moi jeudi, vendredi Mathilde, toi hier... S'il n'a pas plus perdu son temps avec vous deux qu'avec moi... Dame ! ce n'est pas un homme ordinaire.

— Oh ! répondit Gabrielle, là-dessus je ne pourrais faire de comparaison ; tout s'est passé entre nous en conversation...

— En conversation ! et ce fut au tour de Mathilde de pouffer.

Mais Lucie resta sérieuse, avec un peu de reproche :

— Non ! tu sais, vraiment Gabrielle, il ne faut pas nous dire ça à nous deux, à moi surtout. C'est pour nous épargner que tu le fais. Nous crois-tu jalouses parce que tu as été plus chançarde que nous ? Non, par exemple. Tiens, reprends ta bague et parlons d'autre chose. Toi, si franche d'ordinaire, ça me fait peine de te voir mentir.

— Pour ça, surtout, reprit Mathilde...

Et puis, tu lui as peut-être donné plus de joie que nous, à cet homme... C'est bien juste qu'il t'ait mieux récompensée...

Puis, s'adressant à Lucie avec un rire qui sonnait peut-être faux :

— Notre déjeuner au lapin sauté tient toujours pour demain ?

— Je te crois ! répondit Lucie !

— Vous ne voulez pas me laisser achever mon histoire ? Vous le regretteriez si vous saviez ce que j'ai à vous dire. Car la fin vous intéressera plus que le commencement.

— Oh ! tu peux y aller tout de même ! répondit Mathilde, en se renfonçant dans son fauteuil :

— Tu sais ?... fit à son tour Lucie en passant près de Gabrielle pour regagner son sofa..., j'aurais bien envie de t'en vouloir ! mais je ne puis pas, tu es trop belle, ce soir !

Gabrielle se jeta un coup d'œil dans la glace pour se confirmer l'impression de son amie... Elle ne parut point désillusionnée par l'examen.

— Tant mieux ! fit-elle, car il faut que nous soyons très belles, ce soir.

— Moi, aussi ? questionna Mathilde avec un sourire malicieux aux lèvres.

— Parfaitement !... toi aussi ! — allons ! vous y êtes ? demanda Gabrielle. Attention, j'ai toussé, je commence. Mais tranquillisez-vous, ce ne sera pas long.

IV

LA BAGUE D'ONYX

C'était donc, hier, au Jardin de Paris; si vous vous ennuyiez, jeudi et vendredi, c'était mon tour, hier : quand je dis ennui, il faut s'entendre; j'avais besoin de voir du mouvement autour de moi, et d'admirer des figures et des formes nouvelles, s'il m'était possible d'en rencontrer; j'avais cette chance au Jardin de Paris, plus qu'ailleurs.

Et, de fait, j'étais contente de ma soirée. Il y avait beaucoup de jolies femmes, de belles femmes, je veux dire. Du moins, telles qu'elles me plaisent. Vous savez que j'aime la beauté, pour elle-même ; et que j'éprouve à voir une belle femme des délices comparables à celles des dévots qui sont ravis en vision. Mais mes délices sont plus désintéressées : je n'en attends pas ma récompense dans l'autre monde.

Mathilde se mit à rire.

— Tu es plus pressée, toi ! Il te la faut dans celui-ci.

Mais sans paraître avoir entendu, Gabrielle continua :

— Or, j'avais ce soir-là, un tel besoin religieux de la beauté, que je m'étais bien promis de me garder toute à ce sentiment, et à me refuser à toute sensation.

— *Œuvre de chair ne feras...* déclama Lucie en faux bourdon.

— Et précisément, les offres ne me manquèrent pas! je les refusai toutes. D'ailleurs, je n'y eus pas grand mérite. Il n'y avait ce soir-là, au Jardin de Paris, que la classe d'hommes que je déteste le plus. Des gens qui s'amusaient si bêtement, si à faux et d'un air si ennuyé qu'ils m'agaçaient plutôt à me déranger de ma contemplation. Pourtant, j'en avais remarqué un.

— Ah! ah! le voilà! il arrive! bouffonna Mathilde.

— Justement, c'était lui : nous nous trouvions côte à côte à regarder des danseuses. Il y avait là une fille superbe! une débutante, je crois. Car son nom ne m'était pas connu. Je ne pus retenir un cri d'admiration : qu'elle est belle ! fis-je.

Mon voisin, je l'avais bien senti, me regardait depuis quelque temps, et, dame ! sans malveillance. Mon exclamation lui fournit un prétexe à me parler.

— Oui, fort belle, en effet, me dit-il; mais, hélas ! elle ne le sera pas longtemps. La beauté qui s'encanaille dans les gestes pour plaire à des imbéciles et à des saligauds, cesse bientôt d'être belle...

Je fus étonnée de la réflexion, qui était précisément celle que je me faisais à moi-même. Et je le regardai à mon tour.

— Vous avez raison, Monsieur, lui dis-je : si tout est permis à la beauté, tout, pourtant, ne lui sied pas. Et c'est un crime de la gâcher, quand on a le bonheur de l'avoir.

— Comme çà se rencontre : vous êtiez deux esthètes !

— Ma réponse l'étonna : continua Gabrielle : voilà des sentiments, me dit-il, qu'on n'est pas trop accoutumé à rencontrer dans ces endroits-ci, Madame.

Je ne vous dirai pas les autres compliments qu'il m'adressa, ni ce que je lui répondis ; je vous annoncerai, pourtant, comme vous vous y attendez bien, qu'il m'offrit une consommation pour continuer la conversation.

— Et tu l'acceptas ? je commence à avoir une terrible peur pour la promesse de chasteté que tu t'étais faite...

— Attends donc ! tout en causant, je lui aperçus au doigt cette bague... car, c'était lui...

— Nous l'avons bien deviné, soupira Lucie.

— Il me la remit fort galamment, pour me permettre de l'examiner de plus près, et pour m'y aider, il m'offrit une loupe...

5

— Jusqu'à présent, sauf l'esthétique, interrompit Mathilde, nos trois histoires sont la même...

— Je vis bien ce que cette scène représentait : ces trois nymphes enlacées à ce bel éphèbe près du dieu du jardin complaisant et souriant... ça ne laissait pas beaucoup de doute, observé en détail.

Je la lui rendis, en souriant, m'étonnant qu'il osât porter au doigt une bague si significative.

— « Je crois, Madame, me dit-il, qu'il y a une influence dans cette bague; elle m'a ensorcelé, et je ne puis m'en séparer.

— Une possession, Monsieur? lui fis-je en riant.

— Peut-être : car elle m'a obsédé d'un rêve qui me torturera jusqu'à ce que je l'aie réalisé... »

Je voulus l'interroger sur ce rêve qui

l'agitait avec une telle puissance : il s'y refusa d'abord avec une sorte de pudeur qui m'étonna, de la part du propriétaire d'un tel bijou. Et il finit par me déclarer qu'il ne le dirait que si j'acceptais de le recevoir chez moi.

— Nous voici à la grande épreuve! goguenarda Lucie. Faut-il apprêter notre fard ?

— Pourquoi es-tu sotte quelquefois, Lucie ? fit Gabrielle avec un reproche un peu impatienté. Je lui répondis, très franchement, comme j'en ai l'habitude : que sa conservation m'intéressait, que je ne le prenais pas pour un des communs blasés, qui pullulent dans les endroits comme celui dans lequel nous nous trouvions, et qu'il ne me serait pas indifférent de causer avec lui, mais que je n'étais pas la femme qu'il pensait peut-être.

Je ne pose pas à la vertu, ajoutai-je :

et je ne me refuse jamais le plaisir que je puis me donner. Je suis libre, et n'appartiens, en propriété privée, à personne. Je ne me connais pas de maître qui puisse me demander compte de mon action. Mais cela ne veut pas dire que je me dois au premier qui me désire. Je vous juge un galant homme, je crois à votre parole. Promettez-moi de ne vous permettre ce soir que ce que je voudrai bien vous permettre, de n'exiger rien audelà, et je consens à ce que vous m'accompagniez chez moi.

— Et il promit, parbleu ! assura Lucie, et vous partîtes.

— Nous partîmes, en effet.

— Diras-tu franchement, oui franchement, ce qui se passa : interrogea Mathilde, ironiquement.

— Nous arrivâmes, il était minuit : Il regarda avec curiosité mon installation qui parut le rassurer : il vit qu'en effet il n'était pas chez une fille de louage : et...

— et, ricana Mathilde, qu'il pourrait continuer à parler esthétique avec toi.

— Alors, il s'assit là où tu es, tiens, Mathilde : La bonne s'était couchée et je ne voulais pas la réveiller; je préparai donc moi-même une petite collation, puis je m'assis là où je suis.

Il y eut d'abord un silence ; il me regardait, la joie de ses yeux, de toute sa physionomie exprimait que cette contemplation ne m'était pas défavorable ; je lui laissai tout le temps de le faire, me contentant de lui sourire sans l'interrompre.

— « Vous êtes vraiment adorablement belle ! me dit-il enfin : peu s'en faudrait que mon rêve ne fut réalisé...

Et il suspendit ce qu'il allait dire.

Je lui laissai le temps de se remettre et de se recueillir.

« Si ?... insistai-je, au bout d'un instant.

Il sourit.

— Allons ! se décida-t-il, je vois que le moment est venu de vous faire la confession de mon rêve. Il paraîtrait insensé, et même quelque chose de pis à tous ceux qui vivent ou se laissent vivre, selon la formule et la convention du monde : à tous ceux qui s'agitent en des mouvements réglés à l'avance, en dehors de l'art et de la vie idéale qu'il procure, qui est la seule vie réelle. — Mais je n'ai pas peur de votre jugement, Madame, nous sommes compatriotes de la même région, et nous parlons la même langue.

Alors il commença par raconter l'histoire de sa bague. Oh ! pas extraordinaire du tout cette histoire !

Il l'avait achetée en Italie après une visite à Pompéi. Mais peu à peu, la nostalgie qu'il avait rapportée de cette vision à travers le miracle de l'antique ville ressuscitée, s'était toute concentrée sur cette bague. Elle lui évoquait le souvenir, la sensation d'une vie antérieure vécue en pleine nature, et où rien de l'être humain n'était encore atrophié. Et, ses sensations se spécialisant de plus en plus pour ainsi dire à la contemplation de la scène gravée à l'anneau de cette bague, cette obsession l'avait saisi de réaliser cette scène, de la revivre pour lui-même.

Quand il eut achevé, me regardant pour juger de l'impression, je souris.

— En vérité, lui dis-je, Monsieur, je ne comprends guère votre embarras. Vous trouverez aisément trois femmes pour vous jouer cette scène quand vous voudrez.

— Trois femmes quelconques !... Sans doute... et encore ! répondit-il, trois beautés parfaites ne se rencontrent point communément, Madame. Mais c'est qu'il faut encore qu'elles soient dissemblables : Voyez, me fit-il, et prenant la bague, il m'analysa savamment et longuement les différents caractères de beauté de chacune des nymphes, et il avait raison : aucune ne ressemblait à l'autre, cette diversité s'accusait par les moindres détails, à la loupe.

— Eh bien ! me dit-il, quand il eut fait cette démonstration, je me suis persuadé que chacun de ces corps, si admirable et si différent, correspond à une couleur de cheveux différents : il y a là une brune, une blonde et une rousse.

— Ah ! par exemple ! comme nous, s'écria Lucie, bondissant sur son sofa.

— Et la brune ? où est-elle selon vous, lui demandai-je.

Il me la désigna : celle-ci, fit-il.

— Laquelle ? laquelle ? s'écrièrent les

deux amies, se levant en même temps pour s'emparer de la bague sur la table.

Ce fut Lucie, cette fois, qui fut la plus leste.

— Celle du milieu, hein? je parie? questionna-t-elle en détournant le visage du côté de Gabrielle qu'elle interrogeait encore du regard.

— Justement! répondit celle-ci.

— Ah! remarqua Mathilde en riant, les brunes, vous vous placez toujours bien.

Mais Gabrielle revint à son récit.

— Eh bien! continua mon hôte : — Certes, il est possible de rencontrer isolément une belle blonde, une belle rousse, une belle brune, mais les trouver réunies, les faire fraterniser, ajouta-t-il, pour le même effet, voilà où est le rêve! Et remarquez que, pour qu'il soit réalisé vraiment, il ne faut pas seulement des femmes belles, des femmes stupidement belles, comme avec un peu de patience, on peut en trouver, mais des beautés conscientes, intelligentes, dirai-je, qui consentent à s'associer à une œuvre d'art et d'amour.

— Tiens ! tiens ! observa Mathilde, il devient intéressant l'homme de la bague, n'est-ce pas, Lucie !

— Laisse la donc parler, repartit celle-ci avec un peu d'impatience : continue, Gabrielle.

— Ainsi, ajouta-t-il, la blonde et la rousse, je les ai trouvées.

— Hein ? il a dit cela ? interrompit Lucie.

— Laisse là donc parler, interrompit Mathilde à son tour, continue, Gabrielle.

— Mais, ajouta-t-il.

— Ah ! ah !... il y a un mais...

Gabrielle sourit et reprit... « Mais, continua-t-il, pourrai-je les concilier ?...

et quand je le pourrais... hélas ! il me manque encore la brune ! « Vous pensez bien qu'en disant cela il ne manquait pas de me regarder. Je comprenais très bien

ce que voulaient dire ces regards là, quoique je n'en fisse pas semblant, mais je tenais à avoir la fin de son histoire.

Ça m'intriguait, cette blonde et cette rousse.

— Et ces deux beautés, lui demandai-je, où et comment les avez-vous découvertes !

Alors, il me conta de point en point ses aventures de jeudi et de vendredi. Jugez si je l'écoutais, car dès les premiers mots je vous reconnus l'une et l'autre. Quand il eut fini, je n'avais plus de doute. Je n'en témoignai pourtant rien. « Jugez de ma joie, fit-il, si parfaitement semblables, toutes deux à ces deux nymphes, que, à montrer cet onyx à côté d'elles, on eut cru que l'artiste qui le fit, l'avait fait d'après elles ».

— Voyons ! voyons !... s'exclamèrent les deux femmes, et elles se comparaient curieusement aux deux nymphes.

— C'est vrai, pourtant que te voilà, disait l'une. — Oh ! celle-là, c'est bien toi, répondait l'autre.

Et toutes deux, ensemble : Continue, Gabrielle.

— « De sorte, lui dis-je, Monsieur, qu'il ne vous en manque plus qu'une ?

— Oui, hélas ! et il semblait désespéré, oui, et précisément, Madame, celle du milieu. — Je souris : « Espérons, lui répondis-je, Monsieur, que le hasard vous sera une troisième fois favorable. — C'est ce que j'espérais, Madame, quand je vous ai rencontrée. — Oui ? il faudra pourtant, Monsieur, que vous restiez sur ce doute ! car, enfin, vous ne voulez point faillir à la promesse que vous m'avez faite. — Non, Madame, à moins que vous ne m'en releviez vous-même. — Impossible, Monsieur : je me la suis donnée à moi-même. — Me permettrez-vous de revenir une autre fois ? — Nous verrons cela, Monsieur !

« Mais j'avais déjà mon idée : je pris le prétexte d'aller chercher, là, dans ma salle à manger, quelque chose pour compléter notre lunch : et je m'esquivai.

Je le laissai m'attendre un peu.

Quelques minutes après, je m'approchai de cette tapisserie — et elle désigna celle de la porte de la salle à manger — je l'écartai un peu pour l'observer. Précisément il tournait le dos, occupé à regarder quelques bibelots.

Tout à coup, d'un grand geste, j'achevai d'écarter les rideaux et l'appelant...

— « Monsieur ! reconnaissez-vous votre troisième nymphe ! »

Il fit volte-face, et resta là, béant, immobile, médusé, ravi, stupide, en extase — les yeux écarquillés comme ceux d'un fou...

J'étais nue !

Absolument nue ! avec, pour toute parure, l'éploiement de mes cheveux sur mes épaules et sur mes seins...

— Ah ! tais-toi ! tu me donnes le frisson, éclata Lucie.

Il n'eut pas la force de dire un mot, ni

de pousser un cri; il vint tomber comme assommé, à genoux, à mes pieds et il m'étreignait de ses deux bras, comme un suppliant désespéré qui embrasse un autel !...

Mathilde se mit à rire, un peu nerveusement.

— Les bras autour de l'autel — et les lèvres dessus !... c'est un homme fort religieux.

Mais Lucie, elle, ne riait pas. Par brèves et rapides palpitations, ses paupières éventaient de l'ombre de leurs longs cils la flambe de ses joues.

— Ne nous fais pas languir, Gabri !... Tu n'as pas eu la force de résister à l'étreinte d'une telle adoration ? et vos deux fières promesses se sont évanouies ensemble dans la mutuelle pâmoison de vos regards confondus...

— La tentation a été violente, je l'avoue — je fis pourtant l'effort de me reprendre — juste à temps.

— Je comprends encore, intervint Mathilde, que tu te sois reprise, toi. — Les femmes, en ces occasions, nous perdons moins complètement l'esprit que les hommes. Mais qu'il t'ait lâchée, lui, qu'il ait eu moins d'insistance que tu n'as eu de résistance, — ça m'étonne... à moins, ajouta-t-elle en souriant du côté de Lucie qu'il n'y ait là de notre faute à Lucie et à moi...

— Certes, reprit Gabrielle, il eut poussé l'attaque : j'étais rendue ! Mais, à la façon dont je le suppliai, il sentit, il devina qu'il aurait plus de joie à m'attendre qu'à me prendre pour ne plus me ravoir peut-être. Et en effet, je ne l'aurais plus revu, j'avais mon idée ; mais je ne lui refusai pas de m'admirer tant qu'il voulut, et je compris que pour lui, la jouissance artiste de l'œil valait peut-être plus que toutes les autres.

— Oh ! ma chère amie ! fit encore cette raisonneuse de Mathilde, l'homme c'est un engin à explosion dont l'œil est la mèche ; quand l'œil s'allume et que la machine n'éclate pas, c'est qu'il n'y a rien dedans ou sinon, qu'il n'y a que des fulminants avariés.

— Et cette chaste adoration a duré longtemps ? fit Lucie, qu'est-ce que vous vous disiez pendant ce temps-là !

— Non, pas bien longtemps, justement parce que j'avais quelque chose à lui dire... Puis, ça me gênait, cette oisiveté à me laisser admirer... Tout à coup, je m'échappai et disparus... quand je rentrai...

— Habillée plus que ce soir, je suppose ?

— Oui, plus habillée que ce soir, — elle sourit et continua : — quand je rentrai, je le vis tout passionné à considérer sa bague, là sous la lumière de la lampe.

« Je m'approchai de lui, à la sourdine, et lui mis la main sur l'épaule. Il se retourna, et, pendant qu'il me regardait :

— « Voulez-vous que je devine à quoi vous pensez ? lui dis-je.

— Voyons ! essayez... répondit-il.

— Vous vous dites en contemplant cette bague — qui est peut-être ensorcelée, qui sait ? de la magie persistante des anciens Dieux : « Voilà pourtant la moitié de mon rêve accomplie, j'ai eu au moins des yeux, chacune des trois grâces qui sont représentées là. Comment compléterai-je l'accomplissement de mon rêve ? comment pourrai-je recomposer dans la réalité, ce groupe, dont l'obsession me ravit et me torture... N'est-ce pas là ce que vous vous dites ?

— Si !

— Et quelle reconnaissance auriez-vous lui dis-je, à celle qui vous donnerait l'occasion de le réaliser, ce rêve ?

— Ah ! ah ! — fit Mathilde intéressée — que va-t-il répondre ?

Gabrielle continua : « Il m'interrogea d'un long regard un peu inquiet — et dans lequel il y avait comme une appréhension de déception.

— C'est bien difficile, Madame, — me dit-il — de préciser la reconnaissance, quand on ignore sous quelle espèce la reconnaissance serait agréable à la personne à laquelle on la doit. — Tout ce que je pourrais promettre c'est en échange de mon désir réalisé, de réaliser celui qu'elle m'exprimerait.

— Alors, c'est une discrétion ?... lui dis-je.

— Soit ! une discrétion ! accorda-t-il.

— Eh bien ! — lui déclarai-je, en lui mettant la main sur la main, en gage de possession. — C'est à moi que vous appartenez... » Et je lui pris doucement la bague, en l'observant. S'il fut inquiet, il eut au moins la force de ne pas permettre la moindre expression d'anxiété à sa physionomie : et, désignant à mesure sur la bague chaque nymphe,

— ... Cette belle blonde que vous avez vue avant-hier c'est mon amie... la belle rousse d'hier, c'est mon amie... Revenez chez moi dimanche soir... Votre rêve sera accompli...

Les deux amies, Lucie et Mathilde, se levèrent à la fois, protestant, avec des exclamations indignées.

— Mais c'est une trahison, ta soirée — s'écriait Lucie !

— Les fils de Jacob sont stigmatisés dans les histoires pour avoir vendu leur frère, Joseph — ripostait Mathilde — et toi, à toute seule, tu nous livres toutes les deux.

— Non ? ce n'est pas sérieux, pas vrai ? — demanda Lucie. Hein ! Tu nous blagues ? accentua Mathilde.

— Alors — continua Gabrielle sans paraître faire aucune attention à l'émotion de ses deux amies, — il exigea qu'en preuve de sa confiance et en arrhes de sa reconnaissance, — je gardasse cette bague jusqu'à ce soir... Puis, aussi, pour me servir, de témoignage auprès de vous deux... Vous ne contestez pas l'identité de cette bague ?

— C'est donc vrai ? bien vrai ? — insista Mathilde...

— Voyons ! réponds ! fit Lucie à son tour : c'est vrai ? Gabrielle fit un geste de tête affirmatif.

— Alors, je fous le camp ! — s'écria Mathilde — où sont nos affaires que je me r'habille...?

— Cherchez-les ! — répondit placidement Gabrielle, le regard fixé sur la pendule.

— Tu as mis ta bonne dans le complot !... Elle a caché nos affaires... Où sont nos affaires ?...

Lucie, elle, restait perplexe : — « Si je ne t'aimais pas tant, je ferais comme elle... — disait-elle, incertaine, sans bouger, toute la figure en fleur d'un vague sourire.

Tout à coup, la sonnerie de la pendule et la sonnette de la porte carillonnèrent ensemble, et le rire de Gabrielle s'y joignit — si bien que Mathilde, qui allait s'élancer hors du boudoir, s'arrêta net...

— Oui — c'est lui ! — annonça Gabrielle.

— Tu ne vas pas nous forcer à le recevoir comme ça !... » Et Mathilde montrait ses épaules, ses bras nus, sa chemise tombante qui découvrait son corsage, et sa jupe qui couvrait à peine ses hanches et ses cuisses...

Gabrielle sourit. — Tu étais plus habillée que çà, pas vrai ? lui demanda-t-elle, vendredi soir ?...

Mais on entendait venir par la salle à manger un pas menu de femme accompagné d'un pas d'homme, et une voix de femme aussi qui disait :

— « Par ici, Monsieur !

Puis les rideaux de la porte s'écartèrent devant une frimousse émoustillée de jolie soubrette, qui annonçait :

— « Le monsieur à la bague !

— « Oh ! crièrent à la fois avec des effarouchements de femmes surprises qui cherchent à se cacher — Lucie et Mathilde — tandis que, crânement, en sa robe transparente, Gabrielle, les mains tendues, s'avançait :

Et faisait entrer un Monsieur correctement vêtu sans fausse élégance, et même sans trop d'élégance : — tout en noir, sans que ce noir éveillat la moindre sensation de toge ou de robe. — Brun, fines moustaches, lèvres rouges, teint bistré, un beau regard — qui avait cette particularité, plus rare qu'on ne croit, c'est qu'il regardait.

Age? la trentaine. Ni grand, ni petit : la moyenne. Dans l'allure, les gestes, rien d'extraordinaire qui attiràt notamment l'attention : mais quand elle se fixait sur lui, il la retenait.

Artiste ?... peut-être, mais, alors, plutôt sculpteur que peintre. Il semblait y avoir derrière lui, tout un lointain d'inconnu : il n'était pas celui qu'on rencontre communément. Il était peut-être français, mais de ces français singuliers qui se déplaçent et ne vivent pas, comme la blatte, au fond de leur huche à pain sans jamais en sortir. — S'il ne se dégageait pas de lui quelque chose d'étranger, il s'en dégageait au moins quelque chose d'étrange.

Il avança d'un pas, attiré d'une main par Gabrielle qui, de l'autre, lui dési gnait en riant, ses deux amies...

BIBLIOTHÈQUE NATIONALE

Elles étaient pudiquement blotties, debout, l'une dans l'autre — Mathilde se cachant derrière Lucie, que la bravoure de son amie, Gabrielle, rendait elle-même un peu plus brave... Toute sa face claire de blonde souriait :

Et sa tête ébouriffée passée entre les deux rideaux de la portière, la soubrette, elle aussi, riait, comme sa maîtresse...

Lui, restait immobile, en suspens — regardant...

— C'est vrai ! — fit Gabrielle. — Vous ne nous reconnaissez pas suffisamment : — et, lestement, d'un tour de main, dégraffant son peignoir, et délaçant la chemise qu'elle avait dessous, elle les laissa par un lent glissement s'affaisser à ses pieds et apparut, dans l'attitude de la nymphe de la bague, — nue !

Et elle appela de ses deux bras étendus à sa droite et à sa gauche, ses deux amies...

Ce fut Lucie qui obéit la première.

Les yeux fixés sur les yeux souriants de Gabrielle, elle dénoua lentement sa jupe et son jupon qui emmêlèrent leurs plis et tombèrent mollement l'un sur l'autre à ses pieds ; puis allongeant les bras le long de ses cuisses, d'une sorte de frisson, bref elle détacha de ses épaules sa chemise ouverte qui découvrit les seins, hésita un moment aux hanches, et de là, tout à coup, se décida à glisser et s'amortit enfin à ses pieds avec la jupe et le jupon, — si bien que tout le corps de Lucie semblait en jaillir comme une belle fleur de son calice : — et, elle vint, — nue aussi — offrir sa nuque au bras gauche replié de son amie, tandis qu'elle même, du bras droit, enserrait celle-ci à la taille.

Mathilde ne pouvait résister plus longtemps à un si bon exemple !

Elle eut un rire, et, personne tardivement mais d'autant plus résolue, elle débarrassa d'abord ses deux bras de sa chemise qui fit bourrelet sur son jupon ; puis delaçant celui-ci et la jupe en même temps, elle poussa le tout ensemble le long de ses hanches, puis de ses cuisses, et l'enjamba...

Et, toujours en riant, elle accourut, souleva le bras tendu de Gabrielle, y passa son cou, et, croisant son bras droit avec celui de la Blonde à la taille de Gabrielle, elle accola son opulente beauté blonde et blanche de flamande au corps svelte, fuyant et nerveux de la belle Brune, — qu'elles semblaient, ainsi, elle et la Blonde, offrir, la première d'un même mouvement à l'admiration du contemplateur...

. . . .

Et, quand il se fut bien rassasié de son extase :

— « Eh bien ! demanda Gabrielle — beau rêveur qui passez, ai-je assez réalisé votre rêve !...

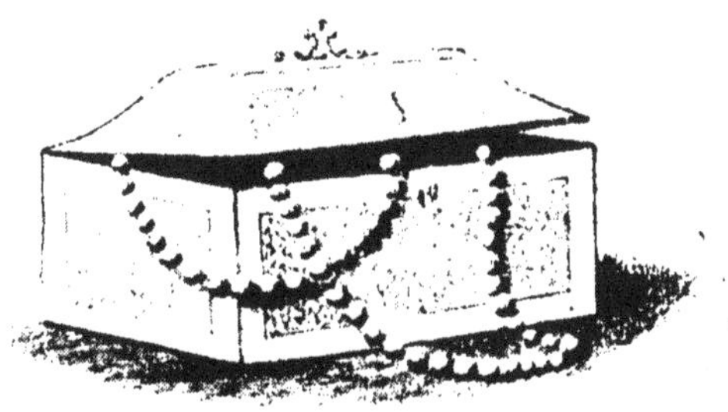

V

MORALITÉ

Helvétius, qui était un homme d'esprit, a écrit cette pensée profonde :

— « Tous les instants de la vie ne peuvent pas être sévères. »

Il aurait pu ajouter que, s'ils l'étaient tous, la vie vraiment ne vaudrait pas d'être vécue.

Mais les instants de la vie ne peuvent pas, non plus, être tous joyeux : il y faut des contrastes et, au moins des repos.

C'est dans un de ces repos que nous retrouvons nos personnages.

— Gabrielle aimait assez à philosopher, après l'action.

Ils étaient tous les quatre attablés dans la salle à manger, autour d'un lunch réparateur, — que servait lestément, sans paraître scandalisée, la petite bonne de Gabrielle — blonde rieuse aux allures d'oiseau qui faisait, chez celle-ci, son éducation.

Toutes trois avaient les yeux fixés sur lui — dans l'attente. Mais cette attente, pleine de sécurité et d'abandon, chez Lucie et Gabrielle, mettait une réticence de défiance dans la joie fatiguée du visage de Mathilde.

Il releva la tête, passa lentement et repassa sur elles l'extase alanguie d'un long regard où souriait une gratitude d'une douceur infinie.

— Mes amies, dit-il, ce moment nous

a fait éternellement amis... Reviendra-t-il ? Peut-être. Sans doute. Mais laissons cet espoir dans l'indécision du possible... Les joies que l'on assigne à des dates fixées manquent le plus souvent au rendez-vous... La meilleure, au moins, fait défaut, celle qui donne toute leur saveur aux autres, la joie exquise de l'imprévu... Mais celles que nous venons de vivre ensemble, nous ne cesserons de les revivre que le jour où nous serons devenus incapables de sentiment et de souvenir.

Ce dont je veux vous remercier, mes amies, c'est de la vision d'art que vous avez consenti à réaliser ensemble, car nous ne nous sommes pas mis à l'amour avec la bestialité des profanes qui n'y cherchent que la brutale crise du spasme... Nous avons accompli l'acte le plus religieux que l'homme puisse accomplir. Nous avons aimé, admiré, savouré la beauté dans l'amour. La beauté exalte et assainit tout ; tout ce qui se fait avec la beauté et pour la beauté, est bon, chaste, moral et juste ; tout ce qui se fait sans elle et en dépit d'elle est inique, indécent, impudique et infâme. Il n'y a qu'un péché, mortel pour les peuples comme pour les individus, c'est de pécher contre la beauté ! — Une femme belle qui agit dans la conscience de sa beauté et conformément à sa beauté, est une sainte...

« Mes amies, vous avez été des saintes ! Vous n'avez été attentives qu'à être belles. Vous n'avez déshonoré notre divine communion d'amour dans l'art, par la préoccupation d'aucun motif étranger. Vous avez accompli, selon les rites, le sacerdoce supérieur de la femme, qui est de faire entrer tant de poésie et d'art dans la vie, que la vie, si elle ne peut avoir le charme ininterrompu d'un beau songe, se remplisse de plus en plus d'heures délicieuses de rêves.

Vous êtes d'adorables précurseuses ! — Vous annoncez un siècle prochain qui ramènera peut-être ces temps incomparables dans lesquels l'homme a le mieux compris l'art qui est la religion de la joie et du bonheur.

« Savez-vous, mes chères amies, que c'est presqu'un symbole que notre communion pour réaliser ensemble le rêve qu'un artiste inconnu a gravé sur l'onyx de cette bague ?... Oui je vous le dis en vérité, nous avons accompli un acte de religion ! « Mais, pour qu'il reste dans le mystère qui convient, pour que rien des réalités passantes de la vie ne le contamine et ne le souille, je veux rester pour vous le complice inconnu de cet artiste inconnu...

Le souvenir nous rend inséparables. Qui sait si la réalité ne nous désunirait pas?... Ce n'est pourtant point un adieu que je vous dis. Ce n'est pas non plus un au revoir... C'est un salut que je vous adresse dans un reste d'espérance.

Mathilde se redressa, surprise. Lucie essaya un mouvement qu'elle interrompit aussitôt, ayant rencontré le regard de Gabrielle qui murmura :

— Il a raison.

— Maintenant, reprit-il, et son sourire était devenu un peu triste, ceux qui s'en vont en de lointains pays ne partent pas sans laisser des souvenirs qui sont souvent des legs, car les voyageurs ne reviennent pas toujours. Vos deux amies, Gabrielle, ne seront pas jalouses que je vous passe au doigt cet anneau de nos brèves fiançailles.

Et il se dirigea vers Gabrielle et lui passa au doigt, en effet, la bague d'onyx.

« Elle vous appartient, Gabrielle, ajoutat-il, car si la scène qu'elle représente s'est animée de nos joies, c'est vous qui êtes la magicienne de cette évocation.

« Vous, Lucie, dit-il, l'amie ! qui peut mieux vous convenir qu'un collier qui, assez large pour envelopper deux cols à la fois, rapproche deux beaux visages pour la joie des baisers et les chuchotements de la confidence ?

Et, étendant en cercle au-dessus des deux têtes des jeunes femmes, un collier d'or, enflambé de nœuds de rubis, il le laissa tomber sur leurs épaules nues qu'il réunit en sa symbolique étreinte...

Mathilde attendait : une inquiétude assombrissait son regard, et en même temps, une curiosité l'avivait. Il se tourna vers elle, il venait d'éployer une ceinture d'argent lamé d'or, fermée d'une boucle qui représentait deux serpents enlacés autour du caducée de Mercure.

—Vous, Mathilde, qui complétez si bien vos deux amies —car vous êtes la raison et la lutte comme elles sont le caprice et le songe — ceignez cette ceinture... elle vous soutiendra les reins et le caducée d'hermès affermira votre marche..

VI

L'APOLOGUE DE LA FILLE AUX TROIS SEINS

Et, maintenant, mes chères amies, avant de nous séparer, voulez-vous que je vous raconte un apologue que j'ai recueilli dans un de mes voyages.

— Ah ! vous avez beaucoup voyagé, questionna Lucie. Je m'en doutais.

— Moi aussi, ajouta Mathilde.

— Moi, j'en étais sûre, conclut Gabrielle.

— Sûre ?... et pourquoi ?

— Parce que vous avez peu de préjugés et elle sourit : C'est un bénéfice qu'on acquiert à comparer les différentes morales des peuples.

— Il sourit à son tour : « Permettez-moi, belle amie, de remarquer que vous êtes arrivée aux mêmes résultats, sans tant vous déranger, je pense.

— Oh ! moi ! je suis un instinct, qui sait ? peut-être une survivante d'un autre temps. Où je ne vois pas le Beau, je vois le mal, et tout ce qui contredit la nature, m'est odieux comme une note fausse dans une harmonie.

— Le mal, répartit l'Inconnu, et le Bien sont des mots sous lesquels on ne sous-entend peut-être pas des idées bien précises.

Notre rencontre, ce soir, et... la suite... scandaliseraient, peut-être sincèrement quelques âmes... Il n'y a pas tout de même que les hypocrites qui se scandalisent.

— Il y a aussi les imbéciles ! interrompit Gabrielle.

— En d'autres pays, qui songerait à s'en étonner ? Mais, partout, seraient rares ceux qui y comprendraient la religion que nous y avons mise. C'est que, voyez-vous, le bien et le mal sont si irrémédiablement mêlés, ils s'engendrent l'un l'autre si fatalement qu'il est bien difficile de les distinguer. Et c'est justement le sens de l'apologue que je vais vous raconter, au moins en l'un de ses sens, car les apologues orientaux sont comme ces boules chinoises qui contiennent encore d'autres boules concentriques.

« Vous voulez l'écouter, mon apologue ?

— Nous y sommes, firent-elle toutes trois ensemble.

Elles s'installèrent chacune à son aise pour écouter.

Et il commença :

Les Orientaux, qui n'entendent pas la vérité comme nous, dédaignent dans leurs histoires les précisions chronologiques et géographiques.

Je ne puis donc vous dire à quelle époque régnait le Maharadja, ni si son royaume se trouvait dans le Malabar, le Sind ou le Pendjab.

Mais c'était un très puissant Radjah, fort redouté de ses voisins, à quoi on reconnaît les grands Princes, et même de ses peuples qui payaient exactement les impôts, sans oser murmurer, ce qui est le devoir des peuples.

Aussi était-il le plus riche radjah de son temps, et, comme il se montrait d'une piété très généreuse, les Brahmanes maintenaient sur lui et sur son royaume l'inaltérable protection des Dieux.

En effet, aucun malheur n'avait encore interrompu la prospérité du Maharadja quand, tout à coup, bien qu'il fût dans un âge très avancé, sa favorite devint enceinte.

Les peuples s'en réjouirent et s'apprêtèrent à payer leurs réjouissances.

Les Brahmanes prièrent à nouveau les Dieux de continuer sur ce nouvel enfant la longue faveur qu'ils avaient témoignée au père.

Enfin le jour de la délivrance arriva.

La favorite avait mis au monde une fille d'une merveilleuse beauté, sinon qu'entre les deux seins s'élevait une protubérance aussi grosse et de la même forme qu'un œuf de poule.

Tous les médecins du royaume et ceux des pays voisin, furent appelés pour se prononcer sur ce singulier phénomène, et, comme ils ne purent se mettre d'accord, le Maharadja décida sagement d'accepter la fille telle que les Dieux la lui avaient envoyée.

La jeune princesse grandit et devint une fort belle fille dont la renommée s'étendit dans tous les royaumes de l'Inde et au-delà, si bien que, déjà, de grandes rivalités animaient les uns contre les autres, tous les princes voisins, qui se préparaient à la demander en mariage.

Cependant l'œuf n'avait pas disparu.

Au contraire, il avait continué à grossir en même temps que les seins et dans les mêmes proportions.

Or, un jour que, selon son habitude, la jeune princesse était allée faire une longue course dans la forêt royale avec sa biche apprivoisée, elle rentra plus fatiguée que de coutume et s'endormit lourdement.

Quelle ne fut pas l'épouvante de la

reine, sa mère, de découvrir que l'œuf venait de se fleurir, au bout, d'un téton avec son auréole et formant exactement un troisième sein.

Elle fit prévenir de suite le Maharadja qui consulta sans plus tarder, son brahmane favori.

Il y avait là évidemment quelque avertissement ou quelque menace des Dieux, qu'il fallait comprendre.

Sur le conseil du brahmane, le roi décida donc de convoquer en une sorte de concile les principaux brahmanes de son royaume, et il leur assigna pour séjour un de ses plus magnifiques palais.

Il vinrent au nombre de cent soixante-huit exactement.

Or, donnez-vous la peine de décomposer ce nombre : vous trouverez d'abord celui de 21, multiple des deux chiffres fatidiques 3 et 7 : vous y trouverez encore 21 multiplié par 8 (168) et le total lui-même (168) se subdivisant exactement par 3.

Vous avouerez que peu de conciles se sont assemblés en aussi bonnes conjonctures !

Aussi, fut-il tout de suite divisé en deux opinions :

Il faut vous rappeler d'abord que les Brahmanes ont leur trinité qu'ils appellent *trimourti*. Or, cette double question se posait :

Les trois seins de la jeune princesse étaient-ils une sorte d'hommage à la *trimourti* ou en étaient-ils la dérision ? Et partant, annonçaient-ils la faveur des dieux ou pronostiquaient-ils, au contraire, quelque malveillance divine à l'égard de la maison Royale ?

L'hospitalité du Radja était abondante, variée et généreuse : les membres du concile ne s'ennuyaient pas.

Après avoir discuté pendant cent soixante-huit séances pour que chacun d'eux pût, à son tour, en toute égalité, énoncer son avis, ils se résolurent enfin à conclure.

Les discussions de la conclusion durèrent encore cent soixante-huit autres jours, et finalement, quand le concile en vint aux voix, il se trouva que 84 Brahmanes étaient pour la première proposition et 84 pour la seconde. Que faire ?

Il fut résolu qu'on s'en rapporterait à l'opinion du premier mendiant qui passerait, les dieux aimant à mettre leur sagesse dans les plus humbles.

Et juste à ce point, comme s'il était, en effet, providentiellement suscité, un mendiant vint à passer.

On l'introduisit devant le concile, et on le mit au courant du cas de la jeune princesse et de l'indécision des Brahmanes.

Il demanda trois jours de réflexion qu'il passa dans une des salles du palais, somptueusement servi de tout ce qu'il désirait, et on lui avait donné pour le vêtir les plus magnifiques étoffes, toutes lumineuses d'or et de diamants.

Au bout de trois jours, il parut devant

le Radja en cet équipage, et suivi de tous les Brahmanes.

Et voici ce qu'il dit :

« Grand Radja ! Les dieux ont daigné répondre aux prières de ton serviteur.

« Ta fille a été envoyée par eux pour prendre à sa charge et expier par une longue pénitence toutes les fautes de ta race et les tiennes.

« Et sa pénitence te rachètera devant eux !

« L'homme qui la possédera vierge, mourra d'avoir vu ses trois seins : et il ne pourra pas la posséder s'ils ne lui baise trois fois chaque sein en hommage à la sainte trimouti,et si les seins ne sont nus.

« Fais donc prendre ta fille et fais-la emmener dans un pavillon isolé de ton jardin, et défends à quiconque d'approcher.

« Tu lui donneras à boire le breuvage que j'ai composé pour elle par ordre des dieux. Elle s'endormira et ne se souviendra plus de ce qu'elle a été.

« La bienfaisance des dieux lui envoie cet oubli, pour adoucir le sacrifice involontaire auquel il l'ont condamnée en rémission de tes fautes, et pour te témoigner leur affection.

« Puis tu feras crier ceci par tous les héraults de ton royaume.

— « Le Maharadja promet cent mille écus d'or à celui qui voudra épouser la princesse sa fille.

« Car celui-là en mourra : mais il aura gagné la faveur du ciel et la reconnaissance de ses propres héritiers...

« Et tu attendras.

— Le libérateur viendra ? demanda le Maharadja.

— Il viendra, répondit le mendiant.

Or, comme le mendiant n'était pas du pays, le roi le fit reconduire en grande pompe jusqu'à ses frontières ; et il le fit suivre d'un charriot rempli d'or, tant que pouvait en traîner une paire de buffles.

Puis, il fit publier l'avis dans tout son royaume, comme il lui avait été recommandé.

Tous les princes se retirèrent, naturellement : aucun prétendant ne se présentait, et la princesse aux trois seins dormait toujours dans le pavillon isolé, au fond du jardin.

Et il était défendu à quiconque sous peine de mort, d'aller de ce côté.

Voici pourtant qu'au bout de quelques jours, un aveugle, qui avait entendu raconter l'histoire de la princesse aux trois seins, se présenta devant le Maharadja et lui dit :

« Je suis le gendre que tu demandes : tu me donneras les cent mille écus d'or ; j'emmenerai ta fille hors du royaume, et, comme je suis aveugle, je ne mourrai pas de l'avoir possédée, ni d'avoir baisé ses seins nus.

Le Maharadja trouva judicieuse l'allocution de cet aveugle qui, le soir même quittait la ville avec la princesse et les cent mille écus.

Il alla s'établir hors du royaume — bien loin ! — en une forêt profonde, au bord d'un grand fleuve qui était peut-être le Gange, à moins qu'il ne fût l'Iraouaddy, ou un autre !

Les années se passèrent.

Or, bien qu'elle ne se souvint de rien du passé, que la vie ne commençât pour elle que du jour où elle était partie avec l'aveugle, de la ville royale, la princesse s'ennuyait fort en cet ermitage, sans autre compagnie que celle de son vieil époux.

Et elle se désespérait à penser que personne, jamais personne ne passerait en cette solitude !

Elle avait tort de désespérer.

Un soir qu'elle rêvait auprès de son mari qui disait les prières de ce jour et de cette heure — car c'était un homme fort religieux ! — elle vit venir vers eux, sortant de la forêt profonde, un petit bossu, en haillons qui se traînait, apparemment exténué de fatigues et de privations.

— Qui es-tu? dit l'aveugle, entendant du bruit.

— C'est un malheureux qui quête l'hospitalité pour cette nuit, répondit-elle.

— Toutes choses, observa l'aveugle, ne viennent que par la volonté des dieux. Dis-lui qu'il reste cette nuit, et d'autres encore, s'il veut.

Le lendemain quand le bossu fit mine de partir :

— Pourquoi ne le retiendrions-nous pas pour serviteur, dit-elle, à son mari s'il consent à rester ?

— Demande-le lui donc, répondit l'aveugle, qui ne l'avait jamais été tant qu'à ce moment-là.

Et le bossu resta.

Vous vous doutez bien, mes trois belles amies, de ce qui arriva.

— Je la plains cette femme, dit Gabrielle, entre les deux caresses d'un aveugle et d'un bossu.

— « Or, à quelque temps de là, continua le narrateur, le Bossu et la Princesse se promenaient le long du fleuve, et ils étaient trop préoccupés l'un et l'autre de la même pensée, pour se parler.

Tout à coup, le Bossu avisant au pied d'un arbre, le cadavre d'un serpent de l'espèce la plus venimeuse,

— Voilà, dit-il, un serpent qui, bien préparé par une habile cuisinière, paraîtrait un poisson exquis à un aveugle.

« Or, ton mari aime beaucoup le poisson, et, s'il mangeait de celui-ci, nous serions libres, et, avec les cent mille écus d'or, nous vivrions riches et heureux à la ville ! »

La Princesse était femme d'intelligence et de décision.

Dès sa rentrée à la maison avec le Bossu :

— Nous vous apportons, dit-elle à

son mari, un poisson de l'espèce que vous aimez le mieux : je vais le préparer pour votre souper.

Et pendant que le bossu allumait le feu, elle prépara une sauce dans un plat, sur lequel elle disposa le serpent, coupé par morceaux ; puis, ayant mis le tout sur le feu ;

— Nous allons, votre serviteur et moi, cueillir quelques herbes pour ajouter encore plus de parfum à ce poisson, car je veux que ce soit le meilleur plat que vous ayez jamais mangé de votre vie.

« Cependant, voici une cuiller, tournez et retournez sans cesse pour que la sauce ne s'attache pas.

Et, tous deux, elle et son complice, sortirent.

La mari, obéissant, se mit à tourner la cuiller dans la sauce ; affriandé par la bonne odeur, il se pencha la tête sur le plat, humant délicieusement la vapeur qui en émanait.

Mais voici que tout à coup, il crut sentir que ses yeux se dessillaient et qu'entre ses paupières, une vague lueur pénétrait dans ses prunelles.

Il pencha la tête encore davantage.

La lueur s'élargit et devint plus intense : il attendit encore, tout ému et invoquant les Dieux, en homme religieux qu'il était.

Il en fut immédiatement récompensé.

Car il lui sembla que, quelque chose comme une écaille lui tombait des yeux, — et toute la lumière du jour éblouit ses prunelles.

Son premier mouvement fut de lever les yeux au ciel pour remercier les dieux, — le second de les rabaisser pour regarder le plat dont la miraculeuse vapeur avait détaché la taie qui lui obstruait la vue :

Aussitôt il recula d'épouvante et de fureur : — en ce poisson, que sa femme lui préparait avec tant de soin, il venait de reconnaître le serpent le plus venimeux de toutes les forêts de l'Inde !

Il comprit tout, mais, entendant la voix des deux complices qui approchaient, il se remit en posture, fermant les yeux et tournant la cuiller dans le plat.

Ils entrèrent et se sourirent en se montrant l'aveugle.

— Eh! bien! maître, dit càlinement la femme aux trois seins, êtes-vous content de votre servante, et croyez-vous qu'elle a bien préparé votre poisson préféré!

— En effet, — répondit l'aveugle, — je n'ai jamais senti odeur qui fut si bonne ni si bienfaisante,

Et, ce disant, il les épiait de ses paupières mi-closes.

8

Ils s'étaient rapprochés et se causaient, — peu à peu, amoureusement, avec des regards confidentiels qui se fondaient l'un dans l'autre.

L'aveugle n'y tint plus !

Et, n'ayant pas d'arme à sa disposition, il saisit rapidement le bossu par la jambe, et, le faisant tournoyer en l'air, comme une massue, il l'abattit sur la Princesse,

Puis, il ferma les yeux, et attendit.

Sans doute, il les avait écrasés l'une par l'autre ; et il songeait déjà aux pénitences qu'il devrait faire en expiation de ce double crime.

Cependant, il rouvrait faiblement les yeux avec terreur — mais force lui fut bien de les ouvrir tout grands pour mieux voir ce qu'il voyait !

La femme et le Bossu étaient vivants, et le regardaient tous deux sans rancune en riant.

O miracle ! — La bosse du bossu s'était aplatie sur le troisième sein de la femme lequel, du choc lui était rentré dans la poitrine ; et la femme se trouvait conformée comme toute les autres femmes, et le bossu était redressé comme s'il n'avait jamais été bossu.

Après avoir un moment réfléchi, l'ex-aveugle comprit qu'il y avait là une manifeste volonté des Dieux qui se servent, pour des fins qu'eux seuls connaissent, des passions même les plus criminelles des hommes.

Car si sa femme et le Bossu n'avaient pas eu de relations ensemble, ils n'auraient pas voulu l'empoisonner pour se défaire de lui ; s'ils n'avaient pas voulu l'empoisonner, il serait resté aveugle, comme le Bossu restait avec sa bosse, et la Princesse avec ses trois seins.

Tous ces biens étaient sortis d'une pensée criminelle : — les desseins des Dieux sont impénétrables, et les actes des hommes, ne peuvent jamais être jugés, car c'est leurs conséquences seules qui pourraient en établir la moralité, et où s'arrêtent les conséquences d'un acte ?

Donc, il faut être indulgent, et ne jamais même incriminer l'intention, car, quand même elle serait et paraîtrait mauvaise la conséquence peut en être bonne.

Voilà ce que pensa l'aveugle, en homme religieux qui ne voulait pas contrevenir à la volonté divine qui venait de se révéler si manifestement.

Et n'eut-il pas péché contre cette volonté s'il eut séparé le Bossu et sa femme qui s'étaient guéris l'un par l'autre de leurs infirmités après l'avoir guéri lui-même de la sienne ?

Et l'apologue ajoute que jamais ménage à trois ne fut si uni ni si heureux !... »

. . . .

. . . .

Je ne veux point finir ce conte tristement : je ne raconterai donc pas les adieux : car, enfin, l'heure vint de se séparer :

Quand l'inconnu partit, un peu de blêmeur d'aube filtrait par les fentes des fenêtres, et éclaircissait vaguement l'épaisseur des rideaux.

Toutes les trois immobiles, appuyées l'une à l'autre, elles écoutèrent la lourde porte de la maison se fermer, et le bruit d'un pas qui s'éloignait dans la matte sonorité de la rue déserte.

Mais aucune n'eut le courage d'aller à une fenêtre et de l'ouvrir pour regarder...

— C'est un cochon, mais enfin il est

chic! sentencia Mathilde en contemplant sa ceinture.

— Pauvre jeune homme! — murmura Gabrielle en caressant rêveusement le collier au cou de son amie... C'est un chercheur d'idéal!

— Comme nous!... lui renvoya Lucie dans un sourire.

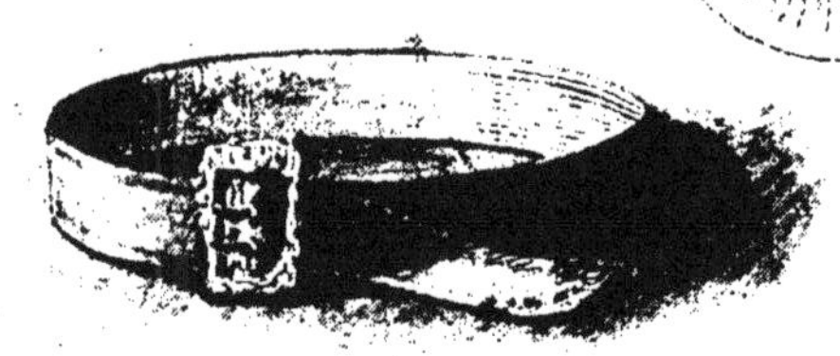

Octobre 1899

L. Xavier de RICARD.

TABLE DES MATIÈRES

En Vente de la Collection ORCHYDÉE à 3 fr. 50

Jeune Fille avec Tache

par Victorien du Saussay

EN PRÉPARATION :

Demi-Volupté

par Ernest la Jeunesse

La Suprême Étreinte

par Victorien du Saussay

Les Hétaïres

par Paul Burani

Collection NOUVEAU SIÈCLE

POUR PARAITRE PROCHAINEMENT :

Les Lois de la Princesse

par Maurice Montégut

L'Otage

par René Maizeroy

Mademoiselle Chloé

par Armand Silvestre

BUZANÇAIS (Indre), IMPRIMERIE DEVERDUN & JAGUIN

www.ingramcontent.com/pod-product-compliance
Ingram Content Group UK Ltd.
Pitfield, Milton Keynes, MK11 3LW, UK
UKHW031907260826
14628UKWH00003B/1039

9 782329 571669